AF451555

29 OCT. 1877

29 Octobre 1877

Vente du Lundi 29 Octobre 1877,

HOTEL DROUOT, SALLE N° 3.

BELLES ET ANCIENNES

PORCELAINES DE LA CHINE

ET DU JAPON

BRONZES — ÉMAUX CLOISONNÉS

BELLES BRODERIES

EXPOSITION PUBLIQUE : le Dimanche 28 Octobre 1877

COMMISSAIRE-PRISEUR

Me CHARLES PILLET,

10, rue de la Grange-Batelière.

EXPERT

M. CHARLES MANNHEIM

7, rue Saint-Georges.

CATALOGUE

DE BELLES ET ANCIENNES

PORCELAINES DE LA CHINE

ET DU JAPON

Vases; Brûle-Parfums en Bronze; Émaux cloisonnés
BELLES BRODERIES SUR SOIE

DONT LA VENTE AURA LIEU

HOTEL DROUOT, SALLE N° 3

Le Lundi 29 Octobre 1877

A DEUX HEURES.

Par le ministère de M⁵ CHARLES PILLET, Commissaire-Priseur,
10, rue de la Grange-Batelière;
Assisté de M. CHARLES MANNHEIM, Expert, 7, rue Saint-Georges.

Chez lesquels se trouve le présent Catalogue.

EXPOSITION PUBLIQUE : le Dimanche 28 Octobre 1877,

DE UNE HEURE A CINQ HEURES.

CONDITIONS DE LA VENTE

Elle sera faite au comptant.

Les acquéreurs payeront en sus des adjudications *cinq pour cent* applicables aux frais.

L'Exposition mettant le public à même de se rendre compte de l'état des objets, aucune réclamation ne sera admise une fois l'adjudication prononcée.

Paris. — Typ. Pillet et Dumoulin, 5, rue des Grands-Augustins.

DÉSIGNATION DES OBJETS

PORCELAINES

1 — Grand e] beau vase en forme de rouleau, en ancienne porcelaine de Chine, couvert d'un riche décor en émaux de la famille verte représentant l'arri·ée d'un cortége impérial composé d'une multitude de personnages.

2 — Deux grosses potiches à couvercles en ancienne porcelaine de Chine à fond bleu et décor d'or représentant des paysages.

3 — Deux jardinières ou vasques de forme ronde et profonde en porcelaine de Chine, décorées de poissons et de flots de la mer en bleu et rouge de cuivre.

4 — Belle potiche en ancienne porcelaine de Chine décorée d'oiseaux et de fleurs arabesques en émaux de la famille verte.

5 — Deux potiches à couvercles en ancienne porcelaine de Chine, couvertes de quantité de personnages en diverses attitudes, décorés en émaux de la famille verte.

6 — Deux potiches à couvercles en porcelaine de Chine, décorées de médaillons de personnages, de fleurs arabesques et de caractères émaillés en couleurs sur fond vert.

7 — Deux potiches avec couvercles en ancienne porcelaine de Chine, décorées en émaux de la famille verte à personnages dans des paysages.

8 — Deux potiches en ancienne porcelaine de Chine, décorées de fleurs et d'oiseaux en émaux de la famille verte.

9 — Deux potiches en ancienne porcelaine de Chine, décorées de fleurs arabesques et de chimères en émaux de la famille verte.

10 — Potiche en ancienne porcelaine de Chine, décorée d'oiseaux, de chimères et d'ornements en émaux de la famille verte.

11 — Potiche en ancienne porcelaine de Chine, décorée de fleurs et de lambrequins ornés en émaux de la famille rose.

12 — Deux petites potiches à couvercle en ancienne porcelaine de Chine, décorées de chevaux au galop et d'ornements en émaux de la famille verte.

13 — Deux petits vases ovoïdes à couvercles plats en porcelaine de Chine, décorés de dragons émaillés vert.

14 — Deux vases en forme de balustre renversé à goulot étroit en porcelaine de Chine, décorés de fleurs arabesques en bleu et rouge de cuivre.

15 — Deux vases en forme de balustre à col évasé en ancienne porcelaine de Chine, décorés de sujets familiers dans des paysages en émaux de la famille verte.

16 — Deux cornets à panse renflée de même qualité et décor que les vases qui précèdent.

17 — Deux autres cornets analogues à ceux qui précèdent.

18 — Deux vases en forme de balustre en ancienne porcelaine de Chine, décorés de personnages en émaux de la famille rose.

19 — Deux vases en forme de rouleau en ancienne porcelaine de Chine, décorés de sujets familiers exécutés en émaux de la famille rose.

20 — Deux vases analogues à ceux qui précèdent et de même qualité.

21 — Vase en forme de balustre en ancienne porcelaine
de Chine, décoré en émaux de la famille rose à personnages, et d'animaux dans des paysages.

22 — Vase de même forme décoré de personnages et
d'animaux dans des paysages en émaux de la famille
verte.

23 — Deux vases en forme de balustre en porcelaine cra-
quelée brun de la Chine, décorés du dieu de la longé-
vité accompagné de son cerf, gaufrés en relief et
émaillés bleu et blanc.

24 — Vase en forme de balustre à deux anses en porcelaine de Chine, décoré d'oiseaux, de fleurs et d'ornements en camaïeu bleu.

25 — Vase analogue à celui qui précède.

26 — Vase en forme de rouleau à col droit, décoré de
fleurs et de fruits en camaïeu bleu.

27 — Vase en forme de balustre en porcelaine moderne
de la Chine, décoré de personnages dans des paysages
émaillés en couleurs.

28-31 — Six plats ronds en ancienne porcelaine de Chine,
décorés de fleurs et d'ornements en émaux de la famille verte sur fond filigrané de rouge. Ce lot sera
divisé.

32-35 — Huit plats ronds en ancienne porcelaine de
Chine, à décors variés en émaux de la famille verte.
Ce lot sera divisé.

36 — Plat rond en ancienne porcelaine de Chine, à décor en émaux de la famille verte. Il offre à son centre
une réception impériale.

37-39 — Cinq plats ronds en ancienne porcelaine de
Chine, à décors variés en émaux de la famille rose. Ce
lot sera divisé.

40 — Deux petits plats ronds en porcelaine de Chine, à
bordure à jour, et décorés de médaillons de paysages,
en camaïeu bleu.

41 — Cafetière à couvercle et reposant sur trois pieds, en
ancienne porcelaine du Japon, à décor en bleu, rouge et
or.

42 — Buire à anse, en ancienne porcelaine blanche gau-
frée, à fleurs et ornements.

43 — Plat rond et creux en ancienne porcelaine de Chine,
à décor en émaux de la famille verte à dragons, oiseaux
et ornements.

44 — Plat de même forme, de mêmes porcelaine et qualité, décoré au centre d'un sujet familier.

45 — Autre plat de même forme et de même qualité. Il offre au centre un dragon rouge et le bord plat est décoré de médaillons d'animaux et d'ornements.

46 — Jardinière à pans en ancienne porcelaine de Chine, décorée de paysages en camaïeu bleu.

47 — Deux cache-pots de forme cylindrique en porcelaine de Chine, décorés de personnages émaillés en couleurs.

48 — Petit plateaux en forme de feuille, en porcelaine de Chine, décoré de fleurs et d'animaux, sur socle en bois sculpté.

49 — Deux petites jardinières rondes et profondes, en ancienne porcelaine de Chine, à décor en camaïeu bleu : paysages et personnages.

50 — Deux jardinières carrées avec plateaux en ancienne porcelaine de Chine, à décor en camaïeu bleu : personnages dans des paysages.

51 — Pot à tabac à couvercle plat, en ancienne porcelaine de Chine à décor bleu à personnages.

52 — Petite potiche en forme de balustre, en ancienne porcelaine de Chine, à décor en émaux de la famille verte : réception impériale dans un paysage.

53 — Deux petits vases en forme de balustre, en ancienne porcelaine de Chine, décorés en émaux de la famille verte : personnages dans des paysages.

54 — Vase en forme de cornet à panse renflée, à décor de paysages avec personnages en émaux de la famille verte : sur pied en bois sculpté.

55 — Deux très-petits cornets à panse renflée, en ancienne porcelaine de Chine, à décor d'ornements en bleu sur blanc.

56 — Boîte rectangulaire à couvercle en porcelaine de Chine, à médaillons ajourés et décor en camaïeu bleu.

57 — Boîte de forme lenticulaire, à couvercle en ancienne porcelaine de Chine, décorée de personnages et de fleurs en bleu sur blanc.

58 — Petit brûle-parfums de forme sphérique, à trois pieds, à deux anses et à couvercle en porcelaine de Chine, à décor en camaïeu bleu.

59 — Petit vase en forme de rouleau, en ancienne porcelaine de Chine, à décor en émaux de la famille verte, à figures dans un paysage.

60 — Jardinière carrée en laque rouge ciselé de Pékin, garnie de plaques de porcelaine de Chine décorées de dragons et oiseaux en bleu sur blanc.

61 — Deux vases en forme de balustre en poterie de Satzuma, décorés de quantité de personnages émaillés en couleurs et rehaussés d'or.

62 —· Théière en porcelaine de Chine, décorée de personnages dans des paysages émaillés en couleurs.

63 — Vase carré avec socle en ancienne porcelaine de Chine, décoré de fleurs et d'ornements en émaux de la famille rose.

64 — Vase de forme ovoïde en céladon bleu turquoise.

65 — Pot à tabac en porcelaine de Chine, décoré de fleurs et d'ornements émaillés en couleurs sur fond varié de nuances.

66 — Boîte carrée à quatre compartiments, en céladon vert d'eau, à fleurs gaufrées en relief, dont partie réservée en biscuit.

67 — Vase à panse ovoïde allongée, en porcelaine de Chine, décoré de fleurs arabesques et d'ornements en bleu sur blanc.

68-69 — Quatre pitongs, en ancienne porcelaine de Chine, à décors variés. Ce lot sera divisé.

70-71 — Quatre petites bouteilles en céladon turquoise. Elles seront vendues par deux.

72 —– Vase forme droite, en ancienne porcelaine de Chine, décoré d'arbustes et d'oiseaux en camaïeu bleu.

73 — Petite potiche en ancienne porcelaine de Chine, décorée de dragons et de fleurs émaillés vert et rouge.

74 — Vase en forme de bouteille, en céladon bleu turquoise uni.

75 — Vase en forme de balustre à goulot étroit, en céladon bleu turquoise uni.

76 — Petite jardinière ronde, en ancienne porcelaine de
Chine, décor bleu à personnages.

BRONZES

77 — Brûle-parfums en bronze, reposant sur trois pieds
formés de têtes d'éléphant. Le couvercle, découpé à
jour, est surmonté d'un éléphant couché. Cette pièce
est enrichie de pierres de couleurs.

78 — Brûle-parfums analogue à celui qui précède, mais
beaucoup plus petit. Celui-ci a un socle en bois
sculpté.

79 — Brûle-parfums de même forme en bronze rehaussé
de dorure. Sur socle en bois sculpté.

80 — Brûle-parfums en bronze en forme de dauphin.
Sur pied en bois sculpté imitant des vagues.

81 — Deux vases japonais en bronze à figures et paysages
en relief, anses et pieds formés de branchages.

82 — Brûle-parfums de forme surélevée et légèrement
évasée, en bronze décoré de dragons ciselés en relief. Il
repose sur trois pieds formés de têtes d'éléphant et son
couvercle est surmonté d'une petite chimère.

83 — Deux brûle-parfums formés d'un coq et d'une poule
en cuivre ciselé.

84 — Deux porte-allumettes en bronze découpé à jour et
décorés de figurines en ronde bosse.

ÉMAUX CLOISONNÉS

85 — Deux vases en forme de balustre en émail cloisonné,
décorés de branches de vigne et d'écureuils sur
fond bleu.

86 — Deux flambeaux en cuivre à base hémisphérique en
ancien émail cloisonné de la Chine, décorés de rosaces
sur fond blanc.

87 — Très-grande plaque ronde pour guéridon, en émail
cloisonné de la Chine, décorée de vases de fleurs sur
fond bleu clair.

88 — Coupe ronde décorée de médaillons d'oiseaux sur
fond vert et d'ornements variés.

89 — Soucoupe en émail cloisonné de la Chine, décorée au
bord d'ornements sur fond bleu foncé.

ÉTOFFES

90 — Huit petits panneaux en hauteur, en satin rouge,
décorés de rosaces et de fleurs brodées en soie bleue et
blanche.

91 — Deux lambrequins de même travail que ceux qui
précèdent.

92 — Petite portière en satin groseille brodée à fleurs en
soie bleue et blanche.

93 — Autre jolie portière en satin groseille brodée à fleurs
en soies de couleurs avec encadrement de fleurs se dé-
tachant en bleu et blanc sur fond noir.

94 — Portière en satin groseille brodée à figures d'enfants
et fleurs en soies de couleurs.

95 — Grande portière en soie ponceau brodée à fleurs et
insectes en soies de couleurs, surmontée d'une bande
de soie verte brodée à fleurs.

96 — Grande portière analogue à celle qui précède.

97 — Lambrequin en soie bleue brodé à fleurs et chimère
en soies de couleurs et or.

98-100 — Cinq carrés brodés pour coussins, variés de
dessins.